芭蕉の連句

三十六景

「木のもとに」の巻
「市中は」の巻

東山茜

あいり出版

猫と行く連句の旅へようこそ

何人かで歌を詠んでつなげていき、ひとつの作品をつくる連句の世界へようこそ。連句は詩歌の一種で、江戸時代には「俳諧《はいかい》の連歌《れんが》」「俳諧」と呼ばれ、たくさんの愛好者がいました。

折にふれて和歌を送りあうことは昔からよく行われていたようです。だれかに話しかけられて、すぐに歌を詠んで返事の代わりにしたエピソードも多く残っています。また、歌の続きを別の人が詠んで、二人の会話のようになったり、予想外の展開を見せたりすることもありました。やがて、何人かで十七音（五七五）の長句と十四音（七七）の短句を交互に一定の数までつなげる連歌が生まれ、江戸時代になると機知や滑稽を楽しむ俳諧の連歌がさかんになりました。今回の旅では、松尾芭蕉《まつおばしょう》が残した俳諧の世界へご案内いたします。

ご案内役は猫

連句では、二つの句を組み合わせてひとつの世界をつくりだします。たとえば、ある句で団扇《うちわ》が詠まれ、次の句で老人が詠まれたとします。二つの句を組み合わせると、老人が団扇であおいでいる姿を思い浮かべることができます。

さらにもう一つ句が詠まれると、二番めの句の

要素に新しく詠まれた句の要素を組み合わせます。たとえば、新しく詠まれたのが海なら、老人が海辺にいる光景を想像することができます。老人の手には団扇はもうありません。こうして次々に新しい組み合わせが生まれ、描き出されるものが変わっていきます。連句の旅ではこの移り変わりを楽しんでください。

2つめの句の老人

3つめの句の海

組み合わせる

　連句では、一句でそれまでとは人物や時代設定などが劇的に変わることもあります。また、夜だったのが朝になったり、山の中だったのがにぎやかな町になったりと、時間や場所も変化します。連句の旅ではすべての句にイラストを添えて、描き出される世界をわかりやすくお伝えします。

　連句の世界をイラストとともに楽しむ三十六景の旅を考えたときに困ったことがありました。句には人の外見に関する描写がないものも多いのですが、イラストにするためには句の中の人がどんなものを着てどんな髪型にしているか具体的に描く必要があります。そうなるともともと句の中にはなかった服装や髪型によってその人の印象が決まったり、解釈に影響したりするかもしれません。そこで人の代わりに擬人化した猫を登場させることにしました。三十六景の旅では服装や髪型から自由な猫たちが句の中の人になって、どういう場面かお見せします。特別な要素が加わった場合は、太刀を帯びた武士、十二単《じゅうにひとえ》を着た女房というように、ふさわしい外見になります。また、二句続けて同じ模様の猫がいたら同じ猫とお考えください。

連句の楽しさ

連句では、人々が集まって句を詠んでつないでいき、作品をつくります。連句をつくることを巻くといい、その場に参加する人を連衆《れんじゅう》といいます。だれかが句をつくると、ひとつの世界が生み出されます。連衆はその世界を味わいます。そして次にどんな句をつなげようかと考えます。美しい景色の句、あざやかに場面を転換する句、あるいは軽くあっさりした句など、つなげ方は自由です。こうして連衆は句をつくったり、鑑賞したりしながらともに時間を過ごします。

さまざまな人と句をつないでいると、知らない言葉に出会ったり、自分にはない発想に驚いたり、あるいは作者の思いがけない一面を発見したりします。そこにも何人かで作品をつくっていく連句の楽しさがあります。

また連句にはさまざまな詠み方の決まりがあり、よい句を思いついても決まりに障らないように変えなければならないことがあります。たとえば、春の句が詠まれると、続く二句は春の句にしなければなりません。今回ご案内する連句作品も、さまざまな決まりに従いながらつくられたものです。連句のおもしろさは、いろいろな制約を乗り越えながら完成させるところにもあるのでしょう。

●知る人ぞ知る芭蕉の連句

松尾芭蕉といえば、紀行文『奥の細道』の作者として名前を知っている人も多いでしょう。また、「古池や　蛙飛込《かわずとびこむ》　水の音」などの句の作者として覚えている人もいるでしょう。旅をして、俳句を詠んだ人というのが、一般的なイメージかもしれません。

芭蕉自身は、「発句《ほっく》は、門人にもじょうずな人がいる。自分の本分は俳諧にある」とお弟子さんに語っていました。発句は連句の最初の句をさします。この句は単独で詠まれることも多く、のちに俳句と呼ばれるようになります。つまり芭蕉は一句だけの発句よりも、句をつなげていく俳諧に自信をもっていたのです。そして、俳諧をすることは句をつくることにとどまらず、その場にいる人たちと心を通い合わせることでもあると考えていたようです。

芭蕉はまた、恋の句にも定評がありました。連句の作品のなかではさまざまな恋の句を詠んでいるので、その一つを見てみましょう。俳諧撰集『をのが光』におさめられている「種芋《たねいも》や　花のさかりに　売《うり》ありく」から始まる作品の24句めと25句めにあたる句です。

冬至の縁《えん》に　物おもひ(い)ます　土芳《とほう》

けは(わ)へ(え)ども　よそへ(え)ども君　かへ(え)りみず　翁（芭蕉）

二つの句をつなげると、「けはへども　よそへども君　かへりみず　冬至の縁に　物おもひます」と短歌のようになります。土芳の句は、冬至の日に、縁側であれこれと考えて悩んでいる人のようすを描いています。芭蕉の句は「お化粧をしても美しく装っても、あの人はふり向いてくれない」という意味です。縁側で悩んでいる理由を、どんなに美しく身を飾っても恋しい人に思いが届かないからだと示しています。片思いのせつない気持ちが伝わってくる、まるで若い女性が詠んだような句です。

連句はこのように複数の人で句をつないでいきます。想像したことを詠んでもかまいませんし、どんな素材も詠むことができます。

連句の展開

連句が描きだす世界は読み手がさまざまに想像できます。次々に変化する状況をとらえる手がかりになるように、今回はすべての句にイラストを添えています。「木《こ》のもとに」という作品の1句めから5句めまでの展開をイラストとともに見てみましょう。句の意味などは「木のもとに」の巻を参照ください。

まず、1句めです。

木《こ》のもとに　汁《しる》も鱠《なます》も　桜かな

満開の桜の木の下で料理をひろげ、お花見を楽しんでいるようすです。

次は2句めです。

西日《にしび》のどかに　よき天気なり

春の日がそろそろ傾く頃、よいお天気です。西日に照らされながら満足しているようすです。

二つの句を組み合わせてひとつの世界が生まれます。

木のもとに　汁も鱠も　桜かな
西日のどかに　よき天気なり

桜の木のもとでの花見の宴は一日中よいお天気でした。おだやかに照らしていた日も傾き始める頃になりました。下のイラストは二つの句で表される情景です。「木のもとに」の巻の本文のイラスト（27ページ参照）では、2句めに1句めのお花見のようすが加わり、桜の花びらが散り、猫が花びらの浮いたお椀を手に持っています。こ

れ以降は、このように前の句の要素を加えたイラストにしています。

次は1句めの要素を除くので、桜の木やお花見のごちそう、舞い散る花びらはなくなります。代わりに3句めの要素が加わります。

3句めは、

旅人《たびびと》の　虱《しらみ》かき行《ゆく》　春暮《くれ》て

晩春の頃、旅人が虱にかまれたあとをかきながら歩いていくようすです。

2句めと組み合わせると、旅人がいるのは、晩春の西日のさす街道のようです。

4句めは、

はきも習は(わ)ぬ　太刀《たち》の鞘《ひきはだ》

ひきはだ革の鞘袋をかぶせた太刀を慣れないようすで腰から下げています。

3句めと組み合わせると、旅人は太刀を下げているので武士か任地へ向かう役人だろうと思われます。もう西日は照らしていません。

5句めは、

月待《まち》て　仮の内裏《だいり》の　司召《つかさめし》

月の出を待って、仮の内裏で司召が行われている状況で、どこか不穏な気配がただよっています。

4句めと組み合わせると太刀を帯びた人は旅人から、司召のために内裏にいる人に変わり、時代もさかのぼります。イラストでは、一番左の公卿がひきはだの鞘袋をかけた太刀を帯びています。

いざ！　連句の旅へ

連句をつくる場には宗匠《そうしょう》と呼ばれる指導役の人がいて、作品全体に目配りをしながら進行します。句を採用するかどうかも宗匠の判断によります。芭蕉を師とする一門を蕉門《しょうもん》といい、その作風を蕉風《しょうふう》といいます。蕉門の俳諧撰集のうち、『冬の日』『春の日』『曠野《あらの》』『ひさご』『猿蓑《さるみの》』『炭俵《すみだわら》』『続猿蓑《ぞくさるみの》』の七つをさして、『芭蕉七部集』と呼ぶことがあります。今回は、『芭蕉七部集』の連句作品のなかから、『ひさご』の「木《こ》のもとに」と『猿蓑』の「市中《まちなか》は」の二つの世界をめぐります。

「木のもとに」と「市中は」は、どちらも三十六句からなる歌仙という形式の連句です。三十六の場面からなる絵巻物をたどっていくような旅になります。ただし、一貫したストーリーはなく、いきなりそれまでとは違う場面になったり、登場人物が変わったりします。そういう意味では、二つの句の組み合わせによって描き出される三十六枚の絵を見る旅と言えるかもしれません。

ただ、悩ましいことに句と句がどういったつながり方なのかさまざまに推測できるので、解釈も一つとは限りません。連句の旅でめぐる二つの作品についても、江戸時代から現代まで多くの本が出版され、さまざまな解釈が示されています。今回はその句単独の意味と、前の句と組み合わせた場合の意味を添えていますが、これも「こうではないだろうか」と推理したものです。イラストについても同様ですので、どうぞ自由に場面を想像してみてください。

連句を詠むうえでの決まりなどは、「連句の旅を楽しむために」で説明しています。ルールブックみたいで退屈でしたら読み飛ばしてください。

芭蕉の連句は、紀行文や発句に比べて知られているとはいえません。それではあまりにもったいないということで気軽に出かけられる三十六景の連句の旅を企画しました。この旅で連句についてもっと知りたくなったら、次のような本も出版されていますので参考になさってください。

新日本古典文学大系70　芭蕉七部集　白石悌三・上野洋三（校注）　一九九〇年　岩波書店
岩波セミナーブックス102　古典講読シリーズ　芭蕉七部集　上野洋三　一九九二年　岩波書店
新編日本古典文学全集71　松尾芭蕉集2　紀行・日記編 俳文編 連句編　井本農一ほか（校注・訳）　一九九七年　小学館
対話の文芸芭蕉連句鑑賞　村松友次　二〇〇四年　大修館書店

連句では、登場人物も場面も変化していきます。作者たちも、作品ができるだけ変化に富んだ展開になるように句を考えたことでしょう。月や花に代表される四季の風物が詠まれます。さまざまな人が登場して、泣いたり、笑ったり、恋をしたり、旅をしたりします。しんみりとした句、せつない句ばかりでなく、思わず笑ってしまうような句や軽く受け流すような句もあります。猫たちと行く連句を楽しむ旅。芭蕉とお弟子さんたちが工夫を凝らした連句の世界。ぜひ、その魅力を味わってください。では、三十六景の旅へまいりましょう。

目次

イラスト　櫻井さなえ

連句の旅を楽しむために

三十六景の旅に出発する前に、連句がどういうものか見ておきましょう。

1節　連句の特徴

1　複数の人でつくる

相手がつくった詩歌に和して、詩歌をつくることは古くから行われていたようです。たとえば、『古事記』には倭 建 命《やまとたけるのみこと》と御火焼《みひたき》の老人《おきな》の歌のやりとりが出てきます。

新治《にいばり》　筑波を過ぎて　幾夜か寝つる

かがなべて　夜には九夜《ここのよ》　日には十日を

「新治や筑波を過ぎて、ここに来るまで幾夜寝ただろうか」という倭建命の問いかけに、かがり火をたく老人が「日数を重ねて、夜は九夜、日は十日です」とこたえています。

また『万葉集』八巻には尼と大伴家持《おおとものやかもち》の歌があります。

佐保川《さほがわ》の　水を塞《せ》き上げて　植ゑ(え)し田を　　尼作

刈る早飯《わさいい》は　ひとりなるべし　　家持続ぐ

「佐保川の水を塞きとめて植えた田を」と尼がつくり、「刈りとった早稲《わせ》の飯を食べるのは一人だろう」と家持が続けています。

このような唱和を経て、中世には句の数や詠み方などの様式や規則が調い、連歌《れんが》と呼ばれるようになります。連歌は室町時代にさかんに行われ、和歌的な優雅なものが主流になりました。その後、優雅な連歌とは違い、俗語や流行語なども使ったおもしろみのある俳諧《はいかい》の連歌（俳諧）がさかんになります。現代ではこれを連句と呼んでいます。

連歌も連句も、五七五の長句《ちょうく》と七七の短句《たんく》を別の人が詠んでつないでいきます。短歌の上の句と下の句を別の人が詠むようなもので、これをくり返してひとつの作品をつくります。

2　懐紙の場所で詠み方が変わる

連句では、句を書き留めるのに懐紙と呼ばれるB４からA３くらいの大きさの紙を使います。懐紙を二つに折り、折り目を下にして、表《おもて》から裏へ順に句を書いていきます。紙の内側になったところには書きません。

百句で完成する百韻《ひゃくいん》が連句の基本のかたちです。今回取り上げるのはそれより短く、三十六句で完成する歌仙形式の作品です。

百韻は四枚の懐紙を使い、順に初折《しょおり》、二の折、三の折、名残《なごり》の折と呼びます。初折の表には八句、初折の裏から名残の表まではそれぞれ十四句、名残の裏には八句を書きます。

歌仙は初折と名残の二枚の懐紙を使います。初折の表には六句、裏に十二句、名残の表に十二句、裏に六句を書きます。

連句では一巻を三つの部分に分け、詠みぶりを変えます。おおよその目安として、初折表はおだやかな句を詠み、目立つものや重たいものは詠みません。初折の裏から名残の表にかけては自由に趣向を凝らし、恋や老いの悲しみといった感情もここで詠みます。名残の裏は速度を上げてさらっと終わります。連句にはさまざまな詠み方の決まりがありますが、このように懐紙の場所による制約もあります。

折と句の数（歌仙の場合）

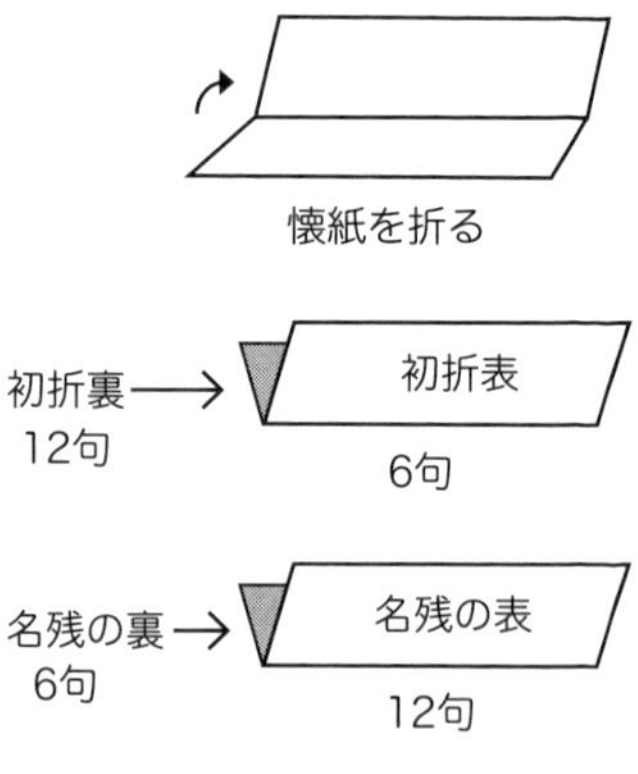

3　特別な句

連句には名前のついた特別な句があり、それぞれに詠むうえでの決まりがあります。ただ、実際の作品では、指導する立場の宗匠の判断によって、決まりからはずれていても許容されていることがあります。

特別な句のなかには、詠まれる場所によって区別されるものがあります。今回取り上げる『猿蓑《さるみの》』に収められている「市中《まちなか》は」という作品で、それぞれの特徴を見ていきましょう。

○発句《ほっく》

最初の句で、五七五の長句です。当季といって、連句を詠んでいるその時期の季語を入れて詠みます。一句だけで独立した句になっていることが大切です。そのため、切れるはたらきをする詞《ことば》を使うことが多く、これを切れ字といいます。代表的な切れ字に「や」「かな」などの助詞があり、例句では「や」が切れ字です。また、招かれた客が挨拶の気持ちをこめて詠むものとされています。

市中《まちなか》は物のにほ《(お)》ひ《(い)》や 夏の月

○脇《わき》

二番めの句で、七七の短句です。発句と同じ季節の季語を使います。発句に寄り添うように詠んで、ひとつの世界をつくり出します。句の最後は、例句の「声」のように体言にします。発句を受けて亭主が挨拶を返すものとされています。

あつしくと門《かど》く《かど》の声

○第三《だいさん》

三番めの句で、五七五の長句です。句の最後は、例句の「出《い》て」のように「て」で終わるのが一般的です。「〜だろう」という意味の「らむ（らん）」で終わることもあります。発句と脇とでつくり出され

二番草《にばんぐさ》取りも果《はた》さず 穂《ほ》に出《いで》て

た世界から離れ、新たな世界へと展開します。

〇平句《ひらく》

4句めから挙句の一つ前までの句を平句といいます。

〇挙句《あげく》

最後の句で、揚句とも書きます。挙句の前の句が花を詠む場所になっているので、挙句も春の句になることが多く、連句が巻き終わったことを祝うおだやかな句にします。

かすみうごかぬ 昼のねむたさ

また詠まれている素材によって区別される句もあります。

〇季の句と雑の句

句には、季語を詠み込んだ季の句と、季語のない雑《ぞう》の句があります。季語は、一定の季節と結びついて、その季節を感じさせる言葉として定着したものです。江戸時代には、多くの言葉が季語として扱われるようになりました。ただ、現代の季語とは異なるものもあります。

○月の句・花の句

月の句と花の句は詠む場所が決まっていて、その場所を定座《じょうざ》といいます。それまでの句の運びによって、定座以外のところで詠むこともあります。歌仙では「二花三月《にかさんげつ》」といい、花の句が二度、月の句が三度詠まれます。

歌仙では、月の定座は、初折の表5句め、初折の裏8句めあたり、名残の表11句めです。

連句で花といえば、桜の花をさします。歌仙では、初折の裏11句め、名残の裏5句めが花の定座です。

月・花の定座（歌仙の場合）

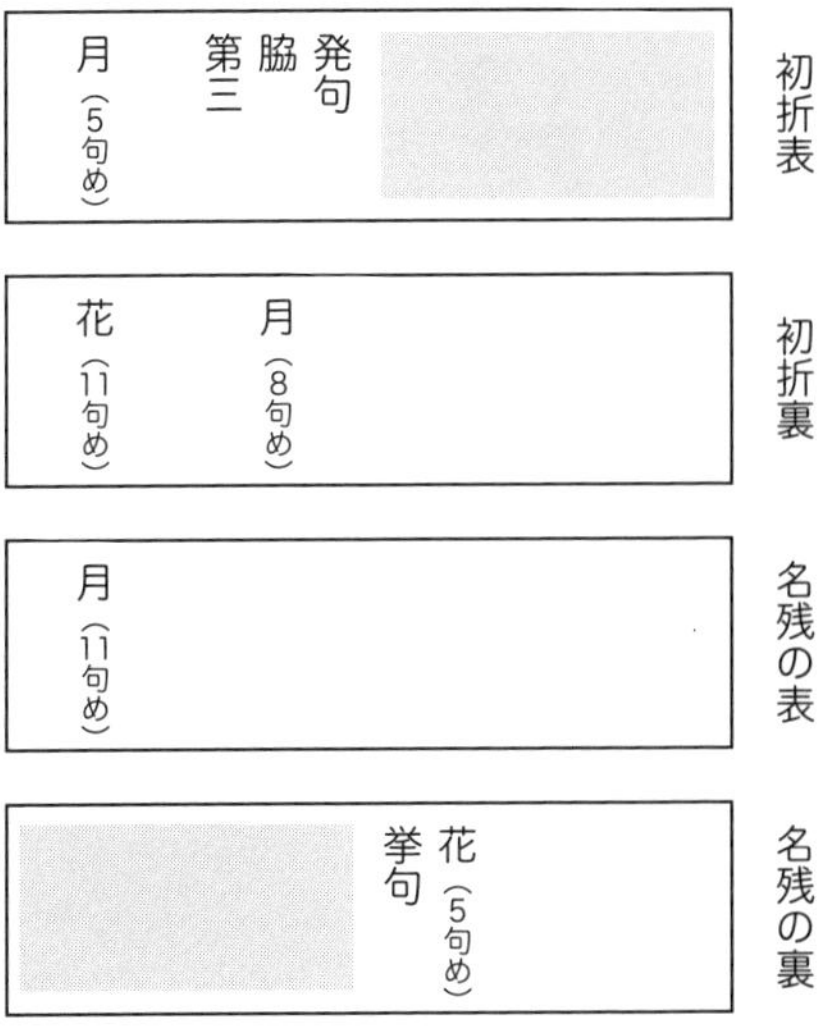

○恋の句

恋の気持ちを詠む句で、二句以上続けます。歌仙では二か所くらい恋の句が詠まれます。「袖の香」「妹《いも》」などは恋の詞《ことば》とされていて、恋の詞が使われていれば恋の句になります。誹諧の詠み方を書いた作法書ではさまざまな恋の詞が示されています。句全体の意味から恋の句と判断する場合もあります。

4　つながりながら変化する

どうやって句をつないでいくのか、先ほどの「市中は」の巻で見てみましょう。句の意味は「市中は」の巻の本文を参照してください。

発句は五七五の長句を詠みます。

市中《まちなか》は　物のにほひ（お）（い）や　夏の月

夏の町にいろいろなものの匂いがしているようすです。空には涼やかな月があります。

次に、脇を詠みます。このとき、前の句とどこかにつながりがあるように詠みます。これを「付ける」といいます。

あつし〳〵と　門《かど》〳〵《かど》の声

「暑いなあ」とあちこちで言う声が聞こえてくるようすです。発句が夏の夜の町の情景を詠んでいるので、人々が外に出て、「暑いですね」と言っている夕涼みの場面にしました。

二つの句を合わせると、五七五七七の短歌のかたちになります。短歌と違うのは、連句では長句だけ、短句だけでも意味のある独立した句になっていることです。

市中は 物のにほひや 夏の月
あつし〱と 門〱の声

夏の月夜。町にはさまざまなものの匂いがただよい、人々は涼を求めて外に出て、「暑いですね」と口々に言っています。

次は第三です。脇に付くように長句を詠みますが、発句とは変えなければなりません。

二番草《にばんぐさ》 取りも果《はた》さず 穂《ほ》に出《いで》て

二回めの草取りも終わらないうちに、もう稲の穂が出ている光景です。

この句を前の句と組み合わせます。

二番草 取りも果さず 穂に出て
あつし〱と 門〱の声

この組み合わせでは昼間の農村で「暑いですね」と言う声がしていることになり、月夜の町とは光景が一変しました。

連句では、付ける句を付句《つけく》といいます。付句の前の句を前句《まえく》、前句の前の句を打越《うちこし》といいます。付句から見た呼び方なので、付句、前句、打越がさす句は変わっていきます。

連句は前の句とどこか関連があるような句を付けてつないでいきますが、同じような内容のくり返しにならないようにします。つまり付句は、前句に付いていて、しかも打越で詠まれた内容や状況とは違うものにすることが大切です。

南北朝時代の二条良基《にじょうよしもと》の『連理秘抄《れんりひしょう》』という連歌論書の中に、「煙」という句に「里」と付けて、さらに「柴《しば》たく」や「薪《たきぎ》」などを付けてはいけないということが書かれています。「煙」に「里」を組み合わせると、煙が立ちのぼる里の光景になります。「柴たく」は小さな木を燃やすことで、「里」ととてもよく合いますが、打越と同じような光景になります。同じ意味の言葉や発想がくり返されることを輪廻《りんね》や観音開《かんのんびら》きと呼び、避けるべきとされています。

打越・前句・付句の関係

打越　市中は　物のにほひや　夏の月

前句　あつし〳〵と　門〳〵の声

付句　二番草　取りも果さず　穂に出て

観音開きの例

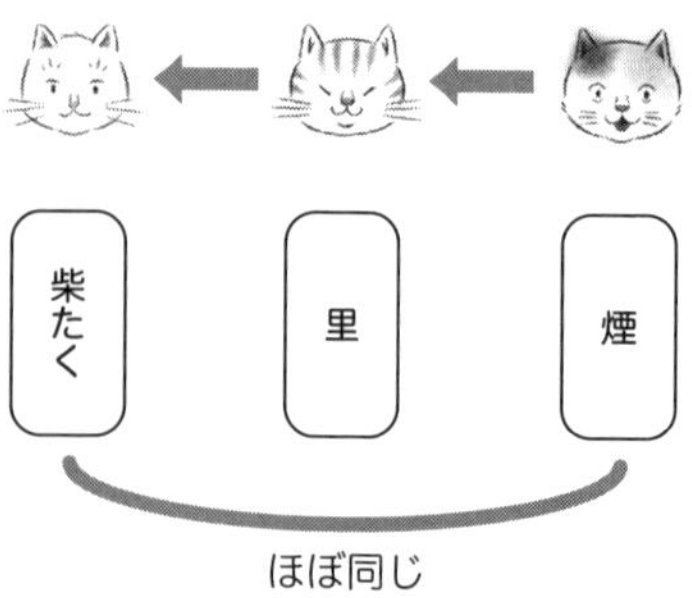

打越・前句・付句の三句の変化のしかたを「三句のわたり」といいます。「打越」＋「前句」の組み合わせによって描き出されていた世界が、「前句」＋「付句」の組み合わせになって、どんなふうに変化したのかが見どころです。

2節　詠み方の決まり――式目

連歌や連句には、式目という、句をつくるうえで守らなければならない決まりがあります。主な式目に句数《くかず》と去嫌《さりきらい》があります。連句の式目は連歌に準じていますが、連歌よりもゆるやかになっています。式目は百韻についての決まりですので、略式とされる歌仙の場合はさらにゆるやかです。芭蕉は式目についてはむやみに無視することはありませんが、だいたい守っていればよいという姿勢だったようです。なお、式目は作品をつくる過程で適用されるものですので、できあがった作品を見る今回の旅では、「こんな決まりがあったのか」と参考までにご覧ください。

連歌や連句では、句に詠み込む素材を、いくつかの種類にわけます。句数や去嫌はこの種類ごとに決められています。

主なものに、天象《てんしょう》、時分《じぶん》・夜分《やぶん》、聳物《そびきもの》、降物《ふりもの》、山類《さんるい》、水辺《すいへん》、生類《しょうるい》、植物《うえもの》、人倫《じんりん》、居所《きょしょ》、衣類（衣装）、旅、名所《などころ》、恋、述懐《しゅっかい》、神祇《じんぎ》、釈教《しゃっきょう》などがあります。なかには複数の種類に該当するものもあり、たとえば蛍は生類と夜分に分類されます。ただ、細かな分類のしかたには時代による違いや、作法書ごとの違いがあります。

天象…月、日、星など。

聳物…空にたなびくもの。雲、霞、煙、霧など。

降物…空から降るもの。雨、霜、雪、露など。

述懐…老いの悲しみ、過ぎ去った昔を懐かしむ気持ちなどを述べるもの。白髪、昔など。

神祇…神道に関するもの。社《やしろ》、白木綿《しらゆう》、放生《ほうじょう》など。

釈教…仏教に関するもの。袈裟《けさ》、出家など。

1 句数

句数《くかず》は、同じ種類に属す素材を何句続けるかについての決まりです。春と秋は三句以上、恋は二句以上続けなければなりません。その他は一句でもかまいません。作法書によって違いがありますが、芭蕉の時代より少し前の俳諧作法書『はなひ草』（寛永一三年〈一六三六〉、野々口立圃《ののぐちりゅうほ》）では次のようになっています。

春・秋の句…三句～五句。

夏・冬の句…一句〜三句。
恋の句…二句〜五句。
夜分、山類、水辺、居所、旅、述懐、神祇、釈教など…一句〜三句。
時分、聳物、降物、生類、植物、人倫、衣類、名所、国の名など…一句〜二句。

2　去嫌（句去り）

去嫌《さりきらい》は、ある素材の使用が途切れた場合に、間に何句おけば、再び使えるかについての決まりです。句去りともいいます。連句はくり返しを避けるので、類似した語がすぐ近くで使われないようにするための規定です。たとえば、水辺は三句去りですので、「海」という水辺の語が使われて、次の句で水辺の語が出なかったら、続く二句でも水辺の語は使えません。

『はなひ草』では、だいたい次のようになります。

三句去り…同字、時分・夜分、山類、水辺、生類、植物、居所、衣類、旅、恋、述懐、神祇、釈教など。
二句去り…天象、聳物、降物、人倫、名所、国の名など。

俳諧作法・撰集『毛吹草《けふきぐさ》』（寛永一五年〈一六三八〉序、松江重頼《まつえしげより》）では、『はなひ草』では三句去りとしているもののうち同字、旅、恋、述懐、神祇、釈教は五句去り、二句去りとしているもののうち名所、国の名は三句去りとしています。

3節　俤付の付け方

連句ではどんな句を付け、どう展開させていくかが重要です。付け方を分類することは連歌の時代から行われており、言葉の縁で付けたり、意味のつながりで付けたりと、さまざまな付け方があります。芭蕉の一門では、前句がもっている雰囲気を感じとり、前句と付句との間に通いあう情緒が生まれるような句を付けることを重視したようです。

付け方の一つに故事や古歌、物語などをもとに句を付ける俤《おもかげ》付があります。実在のものに限らず、いかにもいそうな人やありそうなできごとを付けたりもします。ここでは、「市中は」の巻の三つの句について、もとになった故事や物語を見てみましょう。

次の句は「市中は」の巻の9句めと10句めにあたります。

道心《どうしん》の　おこりは花の　つぼむ時　　去来《きょらい》

能登《のと》の七尾《ななお》の　冬は住《すみ》うき　　凡兆《ぼんちょう》

凡兆の句は、『撰集抄《せんじゅうしょう》』という本にある松嶋の見仏上人《けんぶつしょうにん》の話を俤にしたと考えられています。歌人の西行《さいぎょう》は能登で、荒磯の岩屋に静座している見仏上人を見かけます。上人は、

時々松嶋にある自分の寺から能登に来て断食修業をしていました。ここは住みよいですかと問いかけた西行に、上人は少しほほえんで「こゝ住吉《すみよし》と誰かおもはむ」、住みよくはないですよと答えます。供も連れずひとりで修行する上人に冬の厳しさはどれほどだろうと思い、西行は涙をこぼしたというものです。凡兆の句では能登の冬の厳しさを「住うき」と表しています。

また、次の句は11句めと12句めにあたります。

魚《うお》の骨《ほね》 しは(わ)ぶる迄《まで》の 老《おい》を見て　　芭蕉
待人入《まちびといれ》し 小御門《こみかど》の 鎰《かぎ》　　去来

去来がこの句について、「常陸宮《ひたちのみや》のことを知っていたのでつくりました」とか、「門番の老人のことです」と述べていることから、『源氏物語』を俤にしたと考えられています。「常陸宮」は、『源氏物語』に登場する末摘花《すえつむはな》という女性の父親をさしています。雪のつもった朝、主人公の光源氏が常陸宮邸の末摘花のもとから帰ろうとしたときに、門の鍵が閉まっていたことがありました。鍵を持っていたのはとても年老いた人でした。去来の句は、前句の魚の骨をしゃぶる老人をこの

門番のことにしていますが、恋人が邸から帰る場面ではなく、訪れる場面に変えています。
また、次の句は29句めと30句めにあたります。

草庵《そうあん》に　暫《しばら》く居《い》ては　打《うち》やぶり　芭蕉

いのち嬉《うれ》しき　撰集《せんじゅう》のさた　去来

『去来抄』によれば、去来の句はもともとは「和歌の奥義は知らず」というかたちでした。源頼朝に和歌の道について尋ねられた西行が、「奥義は知らない」と答えたという話が『吾妻鏡《あづまかがみ》』にあります。去来は、この話をそのまま句にしようとしたようです。芭蕉は、前句の草庵を出ていく人を漂泊の歌僧と見る去来の発想はよいと認めますが、西行と限定した句にするのはつたないやり方なので、俤で付けるように助言します。修正した句は、はっきり西行とは示していませんが、ほのかに連想させる句になっています。蕉門《しょうもん》で俤付のお手本とされる句です。

◇凡例

初折表

花見

01　**木《こ》のもとに　汁《しる》も鱠《なます》も　桜かな**　翁

初折表一　春（桜）

木の下の花見の宴。汁にも鱠にも桜の花びら

桜の木の下で花見の料理を広げる。汁の椀にも鱠の器にも花びらが落ちる。ああ桜にみちている。

前書に「花見」とあり、なかなかのごちそうが並んだお花見のようすです。この句について芭蕉は、「花見の句のかかりを少し心得て、軽みをしたり」（『三冊子《さんぞうし》』）と述べています。声に出して読むと軽快な感じで、うきうきした気分が伝わります。

○汁はきちんとした献立にかかせない料理。鱠は魚介や野菜を細く切って酢であえたもの。

……折

（「花見」は前書）

……通し番号・句・作者

……懐紙の位置・季節（季語）

……その句単独での意味

……前句と合わせた場合の意味

……句のつながり方などの説明

……語注

◇表記のしかた

取り上げる連句作品は、歴史的仮名遣いで書かれています。次の点にご留意ください。

○濁点は補いました。

○「ゝ」「〱」などはくり返し記号ですので、直前の語をくり返してお読みください。「ゞ」「〲」はくり返す語に濁点をつけてください。

（例）つゝ → つつ

さま〲 → さまざま

○ふりがなは、現代仮名遣いにしています。

○歴史的仮名遣いと現代仮名遣いが異なるひらがなについては、該当するものの左の（　）内に現代仮名遣いのひらがなを入れています。

（例）はきも習は（わ）ぬ

「木のもとに」の巻

作品について

「木《こ》のもとに」の巻は、『ひさご』におさめられている。『ひさご』は、元禄三年（一六九〇年）刊の俳諧撰集で、五つの歌仙をおさめている。編者は浜田珍碩《はまだちんせき》。芭蕉の句の作者名を「芭蕉」ではなく、「翁」という敬称で表していることなどから、芭蕉の監修を経ないまま出版されたと考えられている。

「木のもとに」の巻は、芭蕉の「木《こ》のもとに 汁《しる》も鱠《なます》も 桜かな」を発句に、三度巻かれている。服部《はっとり》土芳《とほう》の『三冊子《さんぞうし》』にこの発句について「花見の句のかかりを少し心得て、軽みをしたり」という芭蕉の言葉が記されていることから、会心の作だったと思われる。伊賀上野の連衆《れんじゅう》と二度巻いたが、芭蕉の納得のいく作品とはならなかったようだ。三度めに、近江の膳所《ぜぜ》で浜田珍碩と菅沼曲水《きょくすい》と巻き、ようやくこの発句にふさわしい歌仙ができたと思われる。

作者について

芭蕉《ばしょう》（翁）（正保元年～元禄七年〈一六四四～一六九四〉）松尾氏。伊賀上野の人。号は、宗房、桃《とう》青《せい》、芭蕉など。藤堂《とうどう》藩の侍大将藤堂新七郎家の嫡子良忠《よしただ》（俳号蝉吟《せんぎん》）に出仕し、俳諧に出会ったと考えられている。出仕の時期は十九歳前後ではないかとされている。寛文六年（一六六六年）、良忠が死去。その後、三〇歳を過ぎて江戸で俳諧宗匠となるが、この間の動静ははっきりしない。延宝八年（一六八〇年）、三七歳で当時は江戸のはずれであった深川に転居。貞享元年（一六八四年）、四一歳の時に伊賀、大和、山城、美濃、尾張などをめぐる「野ざらし紀行」の旅に出る。その後も旅を重ねて各地をめぐり、大坂で亡くなった。編著に発句合『貝おほひ』、俳諧撰集『桃青門弟独吟二十歌仙《とうせいもんていどくぎん》』、紀行文に『野ざらし紀行』『鹿島詣《かしまもうで》』『笈《おい》の小文』『更科《さらしな》紀行』『奥の細道』などがある。

珍碩《ちんせき》（?～元文二年?〈?～一七三七?〉）浜田氏。はじめ珍夕と書き、後に洒堂《しゃどう》と号した。近江膳《ぜ》所《ぜ》の人。医を業としたと伝えられる。『ひさご』の編者。元禄五年（一六九二年）には江戸へ行き、深川の芭蕉庵で越年して、俳諧撰集『深川』を編んでいる。他に俳諧撰集『市の庵』など。

曲水《きょくすい》（?～享保二年〈?～一七一七〉）菅沼氏。後に曲翠と書く。名は定常、通称は外記《げき》。近江膳所藩士。元禄三年（一六九〇年）には近江に滞在する芭蕉のために、かつて伯父が住んでいた幻《げん》住庵《じゅうあん》を修繕して提供した。芭蕉の書簡のなかでも曲水宛てのものは数も多く、信頼を寄せていたことがうかがえる。

「木のもとに」の巻

初折表

花見

木のもとに 汁も鱠も 桜かな　翁

西日のどかに よき天気なり　珍碩

旅人の 虱かき行 春暮て　曲水

はきも習はぬ 太刀の鞘　翁

月待て 仮の内裏の 司召　珍碩

籾臼つくる 杣がはやわざ　曲水

初折裏

鞍置る 三歳駒に 秋の来て　翁
名はさまぐ〳〵に 降替る雨　珍碩
入込に 諏訪の涌湯の 夕ま暮　曲水
中にもせいの 高き山伏　翁
いふ事を 唯一方え 落しけり　珍碩
ほそき筋より 恋つのりつゝ　曲水
物おもふ 身にもの喰へと せつかれて　翁
月見る顔の 袖おもき露　珍碩
秋風の 船をこはがる 波の音　曲水
雁ゆくかたや 白子若松　翁
千部読 花の盛の 一身田　珍碩
巡礼死ぬる 道のかげろふ　曲水

名残の表

何よりも 蝶の現ぞ あはれなる　翁
文書ほどの 力さへなき　珍碩
羅に 日をいとはるゝ 御かたち　曲水
熊野みたきと 泣給ひけり　翁
手束弓 紀の関守が 頑に　珍碩
酒ではげたる あたま成覧　曲水
双六の 目をのぞくまで 暮かゝり　翁
仮の持仏に むかふ念仏　珍碩
中〳〵に 土間に居れば 蚤もなし　曲水
我名は里の なぶりもの也　翁
憎れて いらぬ躍の 肝を煎　珍碩
月夜〳〵に 明渡る月　曲水

名残の裏

花薄 あまりまねけば うら枯て　翁

唯四方なる 草庵の露　珍碩

一貫の 銭むつかしと 返しけり　曲水

医者のくすりは 飲ぬ分別　翁

花咲けば 芳野あたりを 欠廻　曲水

虻にさゝるゝ 春の山中　珍碩

初折表

01

花見

木《こ》のもとに　汁《しる》も鱠《なます》も　桜かな　翁

初折表一　春（桜）

木の下の花見の宴。汁にも鱠にも桜の花びら

　桜の木の下で花見の料理を広げる。汁の椀にも鱠の器にも花びらが落ちる。ああ桜にみちている。

　前書に「花見」とあり、なかなかのごちそうが並んだお花見のようすです。この句について芭蕉は、「花見の句のかかりを少し心得て、軽みをしたり」（『三冊子《さんぞうし》』）と述べています。声に出して読むと軽快な感じで、うきうきした気分が伝わります。

○汁はきちんとした献立にかかせない料理。鱠は魚介や野菜を細く切って酢であえたもの。

02
西日《にしび》のどかに よき天気なり

珍碩

初折表二　春（のどか）

西に傾いた日がうららかに照って、よい天気だ

桜の花びらは、汁の椀にも鱠の器にも落ちている。明るくやわらかく照らしていた日は、西に傾いてきた。天気もよく、桜を堪能したよい一日だった。

楽しい一日が過ぎて、日が傾く頃になりました。西日は、現代では夏の季語ですが、この時代はまだ季語ではなかったようです。ぎらぎらと照りつける夏の太陽ではなく、春の穏やかな日差しです。

03
旅人《たびびと》の 虱《しらみ》かき行《ゆく》 春暮《くれ》て 曲水

初折表三　春（春暮て）

旅人が虱をかきながら歩いていく、春も終わりの頃

そろそろ春も終わろうとするおだやかな一日。旅人が西日に照らされながら歩いている。さかんにからだをかいているのは、虱にかまれてかゆいのだろう。

ここで、西日に照らされているのは、桜の木の下で花見をする人から、旅人になります。晩春のあたたかな陽気に虱も動きだす頃です。長い旅をする人に虱はつきものでした。

○「春暮て」には春の夕暮れ時と、晩春の頃という二つの意味があるが、ここは晩春。

04

はきも習(わ)はぬ　太刀《たち》の鞘《ひきはだ》　翁

初折表四　雑

ひきはだをつけた太刀を慣れないようすで佩《は》いている

春も終わりの頃、虱にかまれたあとをかきながら旅人が歩いていく。あまり帯びたこともない太刀に、ひきはだ革の覆いをして。

　旅人は太刀を帯びているので、武士か任地へ向かう役人のようです。旅の間、太刀を保護するために鞘にはひきはだ革でつくった覆いをかけています。

○「はきも習はぬ」は「佩きも習はぬ」。「佩く」は、太刀などを腰からつりさげること。

○鞘は、皺文革《ひきはだがわ》のこと。蟇肌、引膚とも書く。表面に蟇蛙《ひきがえる》の膚《はだ》に似た皺《しわ》のある革で、この革を使ってつくった調度や武具などもさす。

05
月待《まち》て　仮の内裏《だいり》の　司召《つかさめし》　珍碩

初折表五　秋（月）

月の出を待って、仮の内裏で司召が行われる

月が出るのを待って、今年は仮の内裏で司召の除《じ》目《もく》が行われている。集まっている公家のなかには、慣れない太刀を帯びた人もいる。

虱をかきながら歩いていた旅人の姿は消えて、太刀を帯びた貴族が内裏にいる夜の場面になりました。仮の内裏で儀式をしている原因は、火事や戦乱などさまざまに考えられます。平家の須磨や後醍醐天皇の吉野などのこととして見ると、軍記物語の一場面のようです。

○司召は、司召の除目のことで、中央官を任命する儀式。平安時代中期から、秋に行われるようになった。

06 籾臼《もみうす》つくる 杣《そま》がはやわざ　曲水

初折表六　秋（籾臼）

籾すり臼をつくる杣人たちの早業《はやわざ》

急ごしらえの仮の内裏で、司召の除目を行っている。木の扱いに慣れた杣人たちが、あっという間に籾すり臼をつくりあげる。

仮の内裏とはいえ、司召のために公家たちが集まっています。その人たちの米を用意するためでしょう、杣人が手早く籾すり臼をつくります。後醍醐天皇の笠置《かさぎ》や吉野の内裏でのこととする見方もあります。

○籾臼は籾すり臼のことで、籾がらを取り除いて玄米にする道具。
○杣は樹木を植えて材木をとる山のこと。また、杣山の木を切る人のこともいう。

07
鞍置《くらおけ》る　三歳駒《さんさいごま》に　秋の来て　翁

初折裏一　秋（三歳駒）

鞍を置けるようになった三歳駒に秋がやって来た

　三度めの秋を迎えて、鞍が置けるようになった三歳駒。かたわらで、杣人たちが手際よく籾すり臼をつくりあげる。

　三歳駒は元気いっぱい。これからは鞍を置いて、人を乗せたり荷物を運んだりすることができます。実りの秋の山村の風景になりました。

○春に生まれた馬は三度めの秋が来ると一人前。これを三歳駒という。

08

名はさま〴〵に降替《ふりかわ》る雨

珍碩

初折裏二　雑

雨はさまざまに降り方が変わり、呼び名も変わる

秋になり、三歳駒は鞍を置けるようになった。馬が育つ三年の間には、さまざまな名前の雨が降った。春雨《はるさめ》、五月雨《さみだれ》、夕立、秋雨《あきさめ》、時雨《しぐれ》。さまざまな雨の名前があるのは、季節によっても雨の降り方が違っているためでしょう。馬が一人前になるまでの時間の流れを、折々に降った雨の移り変わりで示しています。

09 入込《いりごみ》に 諏訪《すわ》の涌湯《いでゆ》の 夕《ゆう》ま暮《ぐれ》　曲水

初折裏三　雑

入込で浸かる諏訪の出で湯の夕暮れ時

　雨はさまざまに降り方を変え、それにつれて呼び名も変わっていく。夕暮れ時、諏訪の温泉では、だれかれの区別なく、同じ湯に浸かっている。

　場所が、諏訪になりました。一日の終わりに、身分の区別もなく、老若男女いろいろな人がくつろいでいる入込の温泉です。雨もさまざま、人もさまざま。その人々の姿が夕闇につつまれようとしている、たそがれ時です。

○入込は、差別なくまじって入ること。ここは区別なくいっしょに入浴すること。
○諏訪は長野県の中央部東側の地域。
○夕ま暮は、夕方、あたりがほの暗くなって物の形がよく見えなくなる頃。

10
中にもせいの 高き山伏《やまぶし》　翁

初折裏四　雑

中に、ひときわ背の高い山伏がいる

夕暮れ時の諏訪の温泉。入込で浸かっている人々の姿が、だんだんぼやけていく。その中に、やたらに背の高い山伏がいて目立っている。

人の区別がつきにくくなる夕暮れ時でも、特徴のある姿の背の高い山伏だけは、はっきりとわかるようです。諏訪の近くには戸隠山《とがくしやま》などの山岳修行の地があります。修行に行く途中の山伏もいっしょにお湯に入っているのかもしれません。

○山伏は山岳で修行する修験道《しゅげんどう》の行者《ぎょうじゃ》。頭には兜巾《ときん》という一種の頭巾をつける。

11 いふ《（う）》事を 唯《ただ》一方え 落しけり

珍碩

初折裏五　雑

いろいろ意見を出しても、ただ一方へ帰着させてしまう

人々が集まって話し合いをしている。そのなかの背の高い山伏が、他の人の意見は聞かず、自分の思うような方向で、むりやり決着をつけてしまった。

大男の山伏は、自分の思いどおりに議論をもっていく強引な性格の人になりました。話し合っている人たちは、山伏とも、そうでないとも考えられます。

○「一方え」は「一方へ」。

○「落とす」は、決まりをつけること。

12
ほそき筋《すじ》より 恋つのりつゝ　曲水

初折裏六　雑　恋（恋）

ささいなきっかけで始まったのに、恋しさはつのっていく

まわりが心配してあれこれ言って聞かせても、一心に思いつめている人。ふとしたことで始まった恋でも、気持ちはつのるばかり。

きっかけは何であれ、恋しい気持ちが抑えられなくなるのは、恋の常。恋をしている人は男女どちらにもとれます。心配してあれこれと意見する親、それを自分の都合のいいように考える子どもといったところでしょう。意見を聞き入れようとしない人が、山伏から、恋をしている人に変わりました。

13 物《もの》おもふ（う） 身にもの喰《く》へ（え）と せつかれて　翁

初折裏七　雑　恋（物おもふ）

恋に悩む身に、なにか食べろとせっつかれる

恋のきっかけはささいなことだったけれど、気持ちはつのっていく。思い悩んで何も食べる気にならないのに、事情を知らないまわりは心配して、もっと食べるようにうるさく言う。

「物おもふ」はいろいろと思い悩むことで、特に恋に悩むことをいいます。「もの喰へ」の「もの」は、食べ物や飲み物などの具体的な物です。恋をしてひとり悩む人に対して、まわりはどこまでも現実的です。

14

月見る顔の 袖《そで》おもき露　珍碩

初折裏八　秋（月・露）

月を見上げていると、顔にあてた袖が涙と露にぬれて重くなる

悩みがあって食がすすまない身に、まわりの人は何か食べるようにさかんに勧める。月を見上げて泣いている顔。袖は涙と露にぬれてすっかり重い。

涙を袖で拭くという仕草から、王朝時代の女性が泣いている姿が浮かびます。悩みが深いほど、袖は涙にぬれて重くなることでしょう。月を見上げて泣く姿に、かぐや姫を重ねる説もあります。

ここは、前句の「物おもふ」を恋以外の悩みにとって恋から離れたとする解釈と、まだ恋に悩んで泣いているとする解釈があります。

15
秋風《あきかぜ》の 船をこは《(わ)》がる 波の音　曲水

初折裏九　秋（秋風）

秋風が立てる波音に、船をこわがっている

　月を見上げながら、涙で袖をぬらしている人。秋風が吹いて大きな波音がするので、船をこわがっている。

　月を見て泣いている人がいるのは、秋風が吹きつける船の上。慣れない船に乗るのをこわがっているようです。

　都を落ちた平家は船で西国へ向かいますが、そのなかの女性の姿かもしれません。

16
雁《かり》ゆくかたや 白子《しろこ》若松《わかまつ》

翁

初折裏十 秋（雁）

雁が飛んで行くのは、白子や若松のほうだろうか

秋風にゆれる船の旅をこわがっている人。雁が飛んでいくのは伊勢の白子や若松のほうだろうか。

海上を雁が飛んでいきます。白子も若松も古くからにぎわった湊《みなと》町です。具体的な地名が示されて、湊の景色が遠くに浮かびます。

次の句は花の定座です。この句では秋にも春にもとれる「雁ゆく」として、次の句で秋から春への季移りがしやすいようにしています。

○雁は秋に北から渡ってきて、翌年の春に帰って行く。「雁渡る」「雁来る」は秋の季語。「雁帰る」は春の季語。

○白子も若松も今の三重県鈴鹿市内にある地名。どちらも伊勢湾沿いにある湊町。

17
千《せん》部《ぶ》読《よむ》 花の盛《さかり》の 一《い》身《しん》田《でん》

珍碩

初折裏十一　春（花）

一《いっ》身《しん》田《でん》では桜が盛りのなか、千部法会《ほうえ》が行われている

一身田にある専修寺《せんじゅじ》では、満開の桜のなかで千部法会が営まれている。雁は白子や若松のほうに飛んでいくのだろう。

伊勢の一身田には、浄土真宗高田派の本山専修寺があります。満開の桜に囲まれた大きな御影堂《みえいどう》で、春の千部法会が営まれているようすです。大勢の僧侶の読経が堂内に響き、人々が参拝に訪れています。雁は北へ、白子や若松のほうに飛んでいきます。

花が詠まれているので、春の句です。雁も、春の帰る雁になります。

○一身田は伊勢にある地名。今の三重県津市内。白子と若松の南に位置する。

18
巡礼《じゅんれい》死ぬる　道のかげろふ《（う）》　曲水

初折裏十二　春（かげろふ）

陽炎《かげろう》が立つ道で、巡礼が死んだ

花の盛りを迎えた一身田の専修寺では、千部法会が盛大に営まれている。こちらの道端では、行き倒れた巡礼が息をひきとった。亡骸《なきがら》を包むように陽炎がゆらめいている。

千部法会が営まれ、多くの人でにぎわう専修寺。花の盛りの境内のようすから一転して、道端でひっそりと死んだ人が描かれます。

○陽炎は、日差しが強いためにちらちらと光が立って、物の形がゆらいで見える現象。

○巡礼は、各地にある社寺や霊場などの聖地を礼拝してめぐること。巡礼する人もさす。

名残の表

19　何よりも　蝶《ちょう》の現《うつつ》ぞ　あは《(わ)》れなる　翁

名残の表一　春（蝶）

ひらひらと飛ぶ蝶の姿は何よりもあわれだ

道端で死んだ巡礼をつつむように陽炎がゆらめいている。亡骸のまわりを無心に飛ぶ蝶のさまは、何よりもあわれだ。

陽炎の立つ道。死んだ巡礼のまわりを蝶が飛んでいます。陽炎はゆらめいてとらえがたく、ひらひら飛ぶ蝶ははかない命です。そんな命とも知らないように無心に飛ぶ蝶のようすは、どんなものよりもあわれを誘います。

○現は、現実のこと。

20
文書《ふみかく》ほどの　力さへ《(え)》なき　珍碩

名残の表二　雑　恋（文）

恋文を書く気力すらない

ひらひらと飛びまわる蝶のようすは何よりもあわれだ。恋に悩んで、手紙を書くほどの気力すら残っていない。

蝶は巡礼の亡骸のまわりを飛んでいましたが、この句では恋に疲れ、恋文を書く気力すらなくした人のもとに飛んで来ます。

この人は男性とも、女性とも解釈できます。

○文は手紙、特に恋文。

21 羅《うすもの》に日をいとは《(わ)》る　御《おん》かたち　曲水

名残の表三　夏（羅）　恋（句意）

羅で日差しを避けていらっしゃる美しいお姿

恋をして、手紙を書く気力すらない。慣れない日差しを薄い布でよけていらっしゃる美しい方。

前句の人を女性とみると、恋に疲れた美しい人が、薄い絹の布で日差しをよけているようすになります。ただ次の句と合わせて、同じ人の句が三句続くことになります。前句の人を男性とみると、この美しい人に恋をしていることになります。

どちらにしても、優雅で美しく、外を歩くこともまれな身分の高い女性のようです。

○羅は、透けるように薄い絹織物。
○かたちは、顔立ちやようす。特に美しい顔立ちをいう。

22
熊野《くまの》みたきと　泣給《なきたま》ひ（い）けり　翁

名残の表四　雑

熊野を見たいと言ってお泣きになった

羅で日差しをよけていらっしゃる美しい方。熊野に行きたい、ひと目見たいと言ってお泣きになる。熊野詣《くまのもうで》をすればだれでも救われると古くから信じられていました。外歩きもまれな人が、旅姿で、なんとしても熊野に参詣したいと泣いています。

『平家物語』に平維盛《たいらのこれもり》の熊野詣と入水、そして維盛の死を知って泣く妻の話があります。とても美しかったという妻の姿を重ねる解釈もあります。

○熊野は和歌山県の紀伊半島南部の地域。熊野本宮大社、熊野速玉《はやたま》大社、熊野那智《なち》大社がある。平安時代以降、三社に詣《もう》でる熊野詣がさかんに行われた。

23 手束弓《たつかゆみ》 紀《き》の関守《せきもり》が 頑《かたく》なに 珍碩

名残の表五 雑

手束弓を手にした紀の関守は、頑固だ

熊野をひと目見たいとお泣きになっても、紀の国の関守はとても頑固。手束弓を手にして、関を通さない。

熊野に行くには、紀の国の関所を通らなければなりません。熊野を見たい、どうか通してほしいと泣いて訴える女性。対する関守は頑としてその願いをはねつけます。

○「紀」は紀伊の国、現在の和歌山県と三重県の南部。

○関守は関所を守る役人。

24
酒ではげたる　あたま成覧《なるらん》　**曲水**

名残の表六　雑

酒のせいで頭がはげているのだろう

手束弓を持った頑固者の紀の国の関守。その頭がはげている。きっと酒の飲み過ぎではげたのだろう。

関守の頭に目をつけて、酒のせいではげたのだろうと推測しています。恋をしたり泣いたりという重たい句が続いていたので、ここで笑いを誘うような句にして、気分を変えています。

○「覧」は物事の理由・原因を推測する助動詞「らん」の当て字。

25
双六《すごろく》の 目をのぞくまで 暮《くれ》かゝり　翁

名残の表七　雑

双六のさいころの目をのぞき込んで見るほど暮れてきた

酒の飲み過ぎで頭がはげた人。双六の勝負に熱中するうちに、あたりは暗くなり、さいころの目がはっきり見えなくなった。頭を盤の上に突き出してのぞき込んでいる。

時を忘れて双六をしているうちに、ずいぶん暗くなってきました。盤の上に覆いかぶさるようにして、さいころの目を確かめているようすです。酒を飲むのが好きな人は、いかにも双六に熱中しそうです。

○双六は盤を使って対戦する遊び。筒に入れた二つのさいころを振り、出た目によって盤上の白と黒の駒石を動かす。

26 仮《かり》の持仏《じぶつ》に むかふ《(う)》念仏《ねんぶつ》

珍碩

名残の表八　雑

仮の持仏に向かって念仏する

さいころの目が見えにくくなるほど暮れてきても双六に夢中な人。持ってきた仏像に向かって、今日も念仏する人。

宿に泊まりあわせた人たちがさまざまに過ごしているようすでしょう。あちらの部屋ではさいころの目が見えにくくなってもまだ双六をしており、こちらの部屋には念仏を欠かさない信心深い人が泊まっているようです。仮の持仏は、旅に出るときも肌身離さず持ってきたものでしょう。

○持仏は守り本尊としていつも身近に置いて祈念する仏像。

27 中《なか》〱《なか》に 土間《どま》に居《すわ》れば 蚤《のみ》もなし　曲水

名残の表九　夏（蚤）

蚤がいないので、土間にいるほうがむしろいい

　仮の持仏を置いて念仏する。畳の上より土間にいるほうが、蚤もいないのでかえっていい。

　念仏に余念のない人が住んでいるのは、土間だけの簡単なつくりの家。蚤がいないから土間のほうが快適だというのが、この人の言い分です。
○「中〱に」は、なまじっか、かえって、むしろ。
○「土間に居れば」には、「つちまにおれば」という読み方もある。

28
我名《わがな》は里《さと》の なぶりもの也《なり》 翁

名残の表十 雑

この村では、私は笑いものだ

蚤がいないから土間にいるほうがいい。そんなことを言う私は、この村では、いつももの笑いの種になっている。

土間だけの粗末な小屋に住んで、蚤がいないからこっちのほうがいいと言う人。その人は村では変わり者と見られていて、何かにつけておもしろおかしく話題にされています。

○「なぶる」は、ひやかしたり、もてあそんで困らせたり、からかったりすること。

29 憎《にく》まれて　いらぬ躍《おどり》の　肝《きも》を煎《いり》　　珍碩

名残の表十一　秋（躍）

盆踊りで余計な世話をやいていやがられる

村のなかでは、なにかにつけて笑われている人。やかなくてもいい盆踊りの世話をやいて、またいやがられる。

村のなかでいつも笑いの種にされている人ですが、盆踊りとなれば、じっとしていられません。みんなが迷惑に思っているのはわかっていながら、あれこれと世話をやいてしまいます。

○躍は盆踊りのこと。旧暦の七月十五日を中心に行われた。
○「肝を煎」は間に立って骨を折る、世話をやくこと。

30
月夜《つきよ》〳〵《つきよ》に 明渡《あけわた》る月　曲水

名残の表十二　秋（月夜）

よい月夜が続いて、夜明けの空に月が残る頃になった

みんないやがっているのに、お節介な人が盆踊りの世話役をかってでる。月夜が続くので毎晩踊っているうちに、夜が明けても月が残る頃になった。

月夜が続いて、世話役のもと、何日も盆踊りを踊りました。はじめは丸かった月も、日を重ねるうちに少し欠けて、夜が明けても空に残っています。

この句だけを見れば、明け方の空に、白い月が浮かんでいる景色になります。

○「明渡る」は、夜が明けてあたりが明るくなること。

名残の裏

31
花薄《はなすすき》　あまりまねけば　うら枯《がれ》て　翁

名残の裏一　秋（花薄）

手招きするようにゆれてゆれて、枯れはじめた花薄

　夜明けの空に有明の月が残る頃。花薄がだれかを招くように風になびく。あまりゆれるので、葉の先は枯れはじめている。

　秋も深まり、薄も枯れはじめた、野の景色になりました。夜明けの光のなか、月と薄が白く浮かび上がります。

○花薄は、穂の出た薄。
○「うら枯」は、草木のこずえや葉が枯れること。

32
唯四方《ただよほう》なる 草庵の露
珍碩
名残の裏二　秋（露）

ただ四角の草庵に露がおりている

だれかを招いているように風にゆれ、枯れはじめた薄。四角な部屋だけの草庵の屋根にも、薄の原にも、露がしっとりとおりている。

晩秋の野に露のおりた草庵がある景色です。前句の花薄には人を招くイメージがあるので恋の句を付けてもよいのですが、この作品ではすでに二か所出ているため、恋の句にはしていません。

○草庵は草ぶきの粗末な家。
○「四方」は、四角の意味では「よほう」、東西南北の意味では「しほう」と読むことが多い。

33 一貫の銭《ぜに》むつかしと返しけり　曲水

名残の裏三　雑

わずらわしいと、一貫の銭を返してしまった

　簡素な草庵に暮らす人。他人からお金をもらうのは、たとえそれが銭一貫でも気がすすまない。わずらわしいと、返してしまった。

　草庵に住む人は、人の施しは受けたくない人でした。たとえ一貫の銭でも、他人からお金をもらってよけいな気をつかうくらいなら、もらわないほうがましだと返してしまいます。

○銭は一文銭《いちもんせん》のこと。一貫の銭は一千文で、約二万円。
○むつかしは、不快なことやわずらわしく面倒なこと。

34
医者のくすりは飲《のま》ぬ分別《ふんべつ》　翁

名残の裏四　雑

医者の薬は飲まないのが分別というものだ

一貫の銭でも、他人からもらうことはいやなので返してしまう。医者の薬は飲まないことに決めている。

たいした金額ではなくても、施しのお金は受け取れないと返してしまう人は、医者の薬は飲まないことを信条にしています。そしてそれを賢明な判断だと思っています。

○分別は、物事をわきまえること、理性的に考えて正しい判断を下すこと。

35
花咲けば 芳野《よしの》あたりを 欠廻《かけまわり》　曲水

名残の裏五　春（花）

桜が咲くと、吉野山をかけまわる

医者の薬は飲まないことに決めている。そして、桜の花が咲けば吉野の山々をあちらこちらと走りまわる。

　吉野は、いたるところに名木がある桜の名所。麓から山頂へ向かってだんだん開花していきます。医者の薬は飲まないかわりに、あっちの花が咲いた、こっちの花が盛りだと吉野の山を走りまわります。

○芳野は、奈良の吉野のこと。南北朝時代には、後醍醐天皇の南朝が置かれた。修験道《しゅげんどう》の霊場でもあり、熊野へいたる大峰奥駈道《おおみねおくがけみち》の起点になっている。修験道の本尊、蔵王権現《ざおうごんげん》の姿を刻んだのが桜の木だったため、桜がご神木として献木されてきた。
○「欠廻」は、「駆廻」。あちらこちら走りまわること。

36 虻《あぶ》にさゝるゝ　春の山中《やまなか》　珍碩

名残の裏六　春（虻・春）

春の山の中で虻に刺されてしまった

花の頃には、桜の花を求めて吉野の山をあちこちかけまわる。その山の中で、虻に刺されてしまった。

花に浮かれて吉野の山々をかけまわっていて、虻に刺されてしまいました。めでたく終わることが挙句《あげく》の基本とされていますから、異色の句です。

「市中は」の巻

作品について

「市中《まちなか》は」の巻は、『猿蓑《さるみの》』におさめられている。『猿蓑』は、元禄四年（一六九一年）刊の俳諧撰集で、乾《けん》・坤《こん》の二冊からなり、乾には発句を、坤には四つの歌仙と幻住庵記《げんじゅうあんのき》、几右《きゆう》日記をおさめている。編者は向井去来《きょらい》・野沢凡兆《ぼんちょう》。芭蕉も全体を監修したとみられる。

「市中は」の巻は、芭蕉と編者の去来・凡兆の三人による歌仙。元禄三年（一六九〇年）六月、芭蕉は近江《おうみ》の幻住庵《げんじゅうあん》を出て京の凡兆宅に滞在し、去来も交えて『猿蓑』の刊行に向けての話し合いをしていたと思われる。この巻は、その折に凡兆宅でつくられた作品だと考えられている。

作者について

凡兆《ぼんちょう》（?〜正徳四年〈?〜一七一四〉）　野沢氏（宮地氏などとも）。はじめは加生、次に凡兆、晩年は阿圭と号した。加賀金沢の人。京に出て医を業としたと伝えられる。『猿蓑』の編者。『猿蓑』の後は、芭蕉から遠ざかったとされる。

芭蕉《ばしょう》　前出。21ページ参照。

去来《きょらい》（慶安四年〜宝永元年〈一六五一〜一七〇四〉）　向井氏。庵号、落柿舎《らくししゃ》。名は兼時、通称は喜平次・平次郎。長崎聖堂の祭酒《さいしゅ》（大学頭《だいがくのかみ》）で儒医の向井元升の二男として長崎で生まれ、八歳の時に一家で京に移住した。嵯峨にあった去来の別荘落柿舎には芭蕉もたびたび訪れている。『猿蓑』の編者。俳論書に『旅寝論』『去来抄』などがある。

「市中は」の巻

初折表

市中は　物のにほひや　夏の月　　凡兆
あつし〳〵と　門〳〵の声　　芭蕉
二番草　取りも果さず　穂に出て　　去来
灰うちたゝく　うるめ一枚　　凡兆
此筋は　銀も見しらず　不自由さよ　　芭蕉
たゞとひやうしに　長き脇指　　去来

初折裏

草村に　蛙こはがる　夕まぐれ　凡兆
蕗の芽とりに　行灯ゆりけす　芭蕉
道心の　おこりは花の　つぼむ時　去来
能登の七尾の　冬は住うき　凡兆
魚の骨　しはぶる迄の　老を見て　芭蕉
待人入し　小御門の鎰　去来
立かゝり　屏風を倒す　女子共　凡兆
湯殿は竹の　簀子侘しき　芭蕉
茴香の　実を吹落す　夕嵐　去来
僧やゝさむく　寺にかへるか　凡兆
さる引の　猿と世を経る　秋の月　芭蕉
年に一斗の　地子はかる也　去来

名残の表

五六本　生木つけたる　潴　　凡兆
足袋ふみよごす　黒ぼこの道　　芭蕉
追たてゝ　早き御馬の　刀持　　去来
でつちが荷ふ　水こぼしたり　　凡兆
戸障子も　むしろがこひの　売屋敷　　芭蕉
てんじやうまもり　いつか色づく　　去来
こそ〳〵と　草鞋を作る　月夜さし　　凡兆
蚤をふるひに　起し初秋　　芭蕉
そのまゝに　ころび落たる　升落　　去来
ゆがみて蓋の　あはぬ半櫃　　凡兆
草庵に　暫く居ては　打やぶり　　芭蕉
いのち嬉しき　撰集のさた　　去来

名残の裏

さま〴〵に　品かはりたる　恋をして　　凡兆

浮世の果は　皆小町なり　　芭蕉

なに故ぞ　粥すゝるにも　涙ぐみ　　去来

御留主となれば　広き板敷　　凡兆

手のひらに　虱這はする　花のかげ　　芭蕉

かすみうごかぬ　昼のねむたさ　　去来

初折表

01
市中《まちなか》は 物のにほ《お》ひ《い》や 夏の月

凡兆

初折表一　夏（夏の月）

夏の夜、町はものの匂いにみちている。空には月

夏の夜の町。むっとした空気におおわれて、いろいろなものの匂いがただよっている。空では月が涼しげに輝いている。

大勢の人が暮らす町は、煮炊きの匂いや汗の匂い、ものが腐ったような匂いなど、雑多な匂いであふれています。この匂いが夏の町にいることを感じさせます。月はそんな地上の暮らしとは離れ、どこまでも涼やかです。

○市中は、町の中。「いちなか」という読み方もある。

02

あつしくと門《かど》く《かど》の声　芭蕉

初折表二　夏（あつし）

あちこちの門口から、暑い暑いと言う声がする

夏の夜、町はさまざまな匂いにあふれている。涼を求めて戸口に出た人たちの頭上には月。暑いなあと言う声が、あちらからもこちらからも聞こえてくる。

前の句で描かれたのは、夏の町の匂いでした。家が建て込んだ町は夜になっても暑いことでしょう。この句では、人々が戸口に出て涼んでいるようすを話し声で表しています。

03 二番草《にばんぐさ》 取りも果《はた》さず 穂《ほ》に出《いで》て　去来

初折表三　夏（二番草）

二番草も取り終わっていないのに、もう稲の穂が出た

この暑さのせいなのか、二番草も取り終わらないうちに早くも稲の穂が出てきた。まったく暑いなあという声があちこちから聞こえてくる。

今年の稲の穂はずいぶん早く、二番草を取り終わる前に出てきました。村の人もあちこちで「暑いなあ」と言っています。ここで、町中の夜の情景から、昼の田園風景に変わります。

○二番草は二回めの田の草取りのこと。田の草取りは、田植えから収穫までの間に数回行う田の雑草を抜く作業。

04
灰うちたゝくうるめ一枚　凡兆

初折表四　雑

うるめ干しについた灰を手でたたいて落とす

二番草も取り終わらないうちに、稲の穂が出ている。うるめ鰯の干物を直火であぶって、灰をたたいて落としながら食べる。

稲の成長が予想以上に早く、忙しそうです。食事の時間も惜しいので、灰がつくのもかまわずに、干物を炉の火で焼いているのでしょう。農家の、せわしないけれども、活気のある食事風景です。

○うるめを「一枚」と数えているので、ここは生のうるめ鰯ではなく、干物。季語としては扱わない。

05 此筋《このすじ》は 銀《ぎん》も見しらず 不自由《ふじゆ》さよ　芭蕉

初折表五　雑

銀がわからないなんて、まったく不便なところだ

灰を落としながら食べるうるめの干物。代金を銀で払おうとしたら、このあたりでは銀貨を知らないらしい。まったくなんて不便なところだ。

銀貨を見たことがないこの土地の人は、代金を銭《ぜに》で払うように言ったのでしょう。銭は重たくかさばります。干物には灰がついているし、銀は使えない、なんて不便なところだと旅人が憤慨しています。

○此筋は、漠然と場所をさす言い方。

○銀は銀貨。江戸時代の貨幣は金（小判）、銀、銅（銭）の三種類。銀は、大きさや種類がさまざまで、重さで価値が変わる秤量《ひょうりょう》貨幣《かへい》。大坂など上方《かみがた》を中心に流通した。

06

たゞとひやう《(ひょう)》しに 長き脇指《わきざし》

去来

初折表六　雑

並はずれて長い脇指

「このあたりじゃ銀も知らない、不便でしょうがない」と文句を言っている人。その人の脇指は、とんでもなく長い。

なんて不便なところだと文句を言っているのは、ちょっと横柄な人のようです。その人の脇指が並はずれて長く、間が抜けて見えるほどです。

○「とひやうし」は、調子はずれなことや並はずれたこと。

○武士が差す大小二本の刀のうち、短いほうが脇指。町人も、旅行中は用心のために差すことがあった。

初折裏

07 草村《くさむら》に 蛙《かわず》こは（わ）がる 夕まぐれ　凡兆

初折裏一　春（蛙）

草むらのかえるをこわがる夕暮れ時

やたらに長い脇指を差した人。夕方、薄暗くなり、草むらにかえるがいるんじゃないかとおびえている。

これ見よがしに長い脇指を差した人は、かえるをこわがる臆病な人でした。日が暮れて、ものの形もよくわからなくなり、草むらからいまにもかえるが飛びだしてきそうでびくびくしています。

○蛙は和歌などに使われる歌語《かご》で、かえるのこと。

○夕まぐれは、夕方、あたりがほの暗くなって物の形がよく見えなくなる頃。

08
蕗《ふき》の芽とりに 行灯《あんど》ゆりけす

初折裏二 春（蕗の芽） 芭蕉

蕗のとうをとりにいって、行灯《あんどん》の火をゆり消してしまった

かえるはこわいけれど、夕暮れ時、蕗のとうを摘みに草むらにやってきた。そこで行灯の火をゆり消してしまった。

ここで、かえるをこわがるのは、長い脇指を差した人から、蕗のとうをとりにきた人に変わります。若い女性のようです。あたりが暗くなるなか、何のはずみか、行灯の火を消してしまいます。

○蕗の芽は、蕗のとうのこと。

○行灯は、もともとは携帯用の照明器具。取っ手があり、提《ちょう》灯《ちん》のようにさげて使った。

09 道心《どうしん》の　おこりは花の　つぼむ時　去来

初折裏三　春（花）

出家しようと思ったのは、桜の花がつぼみをつける頃だった

蕗のとうをとりにいって行灯の火をゆり消したことがあった。仏道に入ろうと思い立ったのは、桜がつぼみをつける頃。まだつぼみのように若い時だった。

尼となった人が、出家した時のことを思い出しています。行灯の灯が消えるのを見て、人生のはかなさを悟ったのかもしれません。定座《じょうざ》よりも前で詠んだ花の句です。

○道心は、仏道に帰依《きえ》する心。

○「つぼむ」は、つぼみをつけること。

10 能登《のと》の七尾《ななお》の 冬は住《すみ》うき　凡兆

初折裏四　冬（冬）

能登の七尾の冬は住み憂《う》い

　仏門に入ったのは、桜がつぼみをつける頃だった。能登の七尾の冬は厳しくて、出家の身であっても住みづらい。

　まだ若い頃、桜の花がつぼみの時期に出家した僧は、今は能登の七尾に住んでいます。『撰集抄《せんじゅうしょう》』に書かれている見仏上人《けんぶつしょうにん》の話を俤《おもかげ》にしたと考えられている句です。上人は毎月十日ほど、能登で修行していました（14ページ参照）。

　春から冬へ季節が戻っていますが、前句が回想の句なので、無理がありません。

○七尾は石川県の能登半島の地名。国府がおかれ、能登国の中心地だった。

11
魚《うお》の骨《ほね》 しは《（わ）》ぶる迄《まで》の 老《おい》を見て　芭蕉

初折裏五　雑

魚の骨をしゃぶるまでに老いてしまった

能登の七尾は、冬は住みづらい。年をとったせいでものを噛めなくなり、魚も骨をしゃぶるしかなくなった。

歯もなくなり、昔は丸ごとばりばり食べていた魚も骨をしゃぶるしかないほどに年老いた人のようすです。ここで、能登の冬の寒さにふるえている人が、僧から老人に変わります。

○「しはぶる」は、しゃぶること。

12
待人入《まちびといれ》し 小御門《こみかど》の鎰《かぎ》　去来

初折裏六　雑　恋（待人）

小御門の鍵をあけて、主の待っている人を邸《やしき》に入れた

魚の骨をしゃぶって食べるしかないほど年老いた。その老人が小御門の鍵をあけて、女君が待っている恋人を邸のなかに入れた。

　魚の骨をしゃぶる老人のいる場所が、能登の七尾から貴族の邸の通用門になりました。貴公子が恋人の家を訪れる王朝物語の世界です。去来によれば、この句は、『源氏《げんじ》物語《ものがたり》』の末摘花《すえつむはな》の巻に出てくる門番の老人を思い浮かべてつくったものです（15ページ参照）。

○小御門は、大御門に対する小門の敬称。通用門。

13
立《たち》かゝり　屏風《びょうぶ》を倒《たお》す　女子共《おなごども》　凡兆
初折裏七　雑

女房《にょうぼう》たちが屏風を押し倒してしまった

小御門の鍵があけられて、女君のもとへ恋人がやって来た。お仕えする女房たちが屏風にぴったりとくっついてようすをうかがっているうちに、屏風を倒してしまった。

やっと会えた恋人たち。女君に仕えている女房たちは、屏風の向こうの二人が気になってしかたがありません。何人もで屏風にぎりぎりまで近づいて聞き耳を立てているうちに、とうとう屏風が倒れてしまいます。

○「立かゝり」は、取りつく、寄りかかること。また、立つこと。

○「倒す」には、「こかす」という読み方もある。

初折裏八　雑

14
湯殿《ゆどの》は竹の　簀子《すのこ》侘《わび》しき　芭蕉

湯殿の竹の簀子がわびしい

宿で働く女たちが、近寄りすぎて屛風を倒した。湯殿はひっそりとして、竹を編んだ簀子にはわびしさがただよっている。

王朝の貴族の世界から、江戸時代に戻ってきました。この時代は風呂がある家はまだめずらしかったので、どこかの宿屋のようすと考えられています。後片付けで忙しいのか、女たちはどたばたと屛風を倒したりしています。それにひきかえ湯殿のあたりはしんと静かで、竹で編まれた床の簀子がわびしい感じです。屛風は、湯殿の目隠しとして使われているのでしょう。

○湯殿は浴室、風呂場のこと。
○簀子は、竹や葦を編んでつくった敷物や床。

15　茴香《ういきょう》の 実を吹落《ふきおと》す 夕嵐《ゆうあらし》　去来

初折裏九　秋（茴香の実）

夕嵐が茴香の実を吹き落としていく

　湯殿の竹の簀子がわびしさをただよわせる夕方。強い風が、茴香の小さな実を落としていく。

　湯殿の外の秋の景色です。茴香は細い葉が特徴的な薬草で、人の背丈を超すほどにもなります。夕方の風が強く吹きつけ、茴香の小さな茶色の実がぱらぱらと落ちます。

○茴香はフェンネルのこと。一～二メートルの高さになる薬草。夏に黄色い花を咲かせ、秋に実をつける。

16
僧やゝさむく寺にかへ《(え)》るか　凡兆

初折裏十　秋（やゝさむ）

やや寒の頃、僧は寺に帰っていくのだろうか

秋も深まり、少し寒さをおぼえはじめる頃、夕方の風が茴香の実を吹き落としていく。その風に衣を吹かれながら僧は寺に帰っていく。

秋も末になってそろそろ肌寒さをおぼえる頃、僧が風のなかを歩いている光景です。托鉢の帰りでしょうか。

○「やゝさむ」は、「やや寒」で、晩秋のしだいに寒さをおぼえる頃。

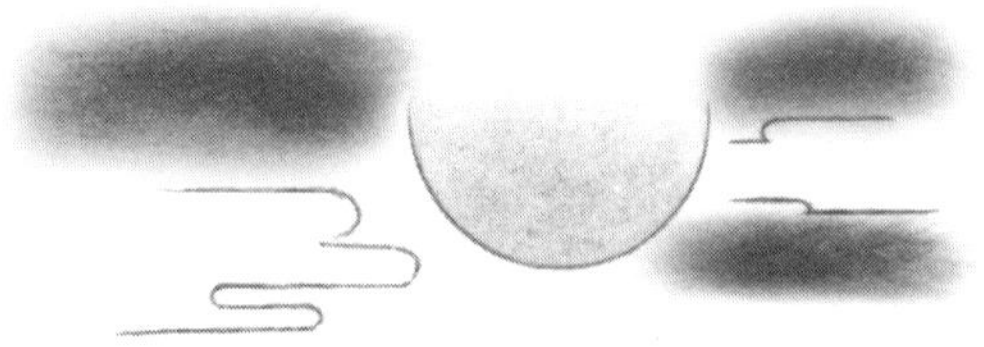

17
さる引《ひき》の　猿と世を経《ふ》る　秋の月　芭蕉

初折裏十一　秋（秋の月）

猿とともに世を経る猿引《さるひき》。空には美しい秋の月

　やや寒の頃、僧は寺に帰っていく。猿引は猿とともにこの世を生きていく。僧のうえにも、猿引のうえにも、秋の月が照っている。

　猿には馬を守る力があるとされていました。猿引は武家や貴族の邸に出向き、猿を舞わせて馬屋の祓《はら》いをしたりしたようです。寺に帰る僧。猿とともに暮らす猿引。さまざまに生きる人々を秋の月が照らします。

○猿引は猿回しや猿使いともいう。武家では、馬屋の厄はらいに猿を舞わせた。

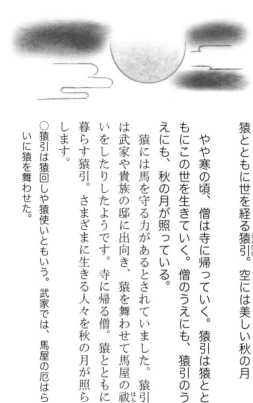

18
年《ねん》に一斗《いっと》の 地子《じし》はかる也《なり》

去来

初折裏十二　雑

年に一斗の地代を納める用意をしている

美しい秋の月。猿とともに生きていく猿引。一年に米一斗分の地代を、前もって準備しておく。

一斗はだいたい、一人が一月に食べる米の量。その程度の地代でも、きちんと用意しておくようすです。この地代は、猿引が借りている借家のものか、農地のものでしょう。「はかる」を、実際に一斗の米を升で量るととる解釈と、心づもりをしておくととる解釈があります。

○地子は、土地にかかわる税。
○一斗は十升で、約一八リットル。

名残の表

19
五六本《ごろっぽん》 生木《なまき》つけたる 潴《みずたまり》　凡兆
名残の表一　雑

ため池に五、六本の生木が浸けてある

地代としておさめる年に一斗の米。ため池には、干割れを防ぐために、生木が五、六本浸けてある。

一年に米一斗というわずかな地代なのは、土地がやせていて作物が実りにくいからかもしれません。そんな場所にある池に少しの生木が浸けられている光景です。

○生木は、伐ったばかりでまだ乾燥していない木。干割れを防ぐために水に浸け、その後、乾燥させて材木にする。

20 足袋《たび》ふみよごす　黒《くろ》ぼこの道

芭蕉

名残の表二　雑

黒ぼこの道を歩いて足袋をよごしてしまった

黒ぼこの道。水たまりには木切れを五、六本突っ込んでいるが、ぬかるみで足袋をよごしてしまった。

ここでは、潴を池ではなく、黒ぼこの道にできた水たまりにとりました。その道を、足袋をはいた身なりのいい人が歩いています。当時、足袋は高級品でした。歩きやすいように、水たまりには木切れをわたした所もありますが、どうしても泥がはねて足袋がよごれてしまいます。

足袋を冬の季語とする説もあります。

○木綿の足袋が一般的になるのは、江戸時代の中頃になってから。
○黒ぼこは、火山性の黒っぽくやわらかい土。黒ぼく。

21 追《おい》たてゝ 早き御馬《おうま》の 刀持《かたなもち》　去来

名残の表三　雑

せきたてられて疾走する馬。ついて走る刀持

黒ぼこの道。早駆けをする主人の馬を、足袋をよごしながら必死に追っていく刀持。

足袋をはいている人が刀持になります。黒ぼこの道には、もう水たまりはありません。足袋は土ぼこりでよごれたのでしょう。

○「追たてゝ」には、「おったてて」という読み方もある。
○「御馬」には、「おんま」という読み方もある。
○刀持は、主人の刀を持ってそばに仕えている人。

22
でつ(っ)ちが荷《にな》ふ(う) 水こぼしたり
凡兆

名残の表四 雑

丁稚《でっち》が、になっている水をこぼしてしまった

勢いよく駆けてくる馬と刀持。幼い丁稚が馬をよけようとしてよろけ、運んでいた水をこぼしてしまった。

馬が走っている場所が黒ぼこの道から、商家が並ぶ町に変わります。幼い丁稚も天秤棒をかついで水を運んでいます。

○丁稚は、商人や職人の家に奉公して雑務をする少年。
○「荷ふ」は、荷物をかつぐこと。

23
戸《と》障子《しょうじ》も　むしろがこひ《(い)》の　売屋敷《うりやしき》　芭蕉
名残の表五　雑

戸も障子もむしろで囲われた売屋敷

戸も障子もぐるりとむしろで覆われている売屋敷。丁稚が運んでいた水をこぼしてしまった。

だれもいない売屋敷で、丁稚が桶の水をこぼしてしまいました。近道でもしようとしたのでしょうか。

売屋敷をむしろで囲っているのは、家が傷むのを少しでも防ぐためだとも、戸や障子が傷んでぼろぼろになったためだとも解釈できます。どちらにするかで、屋敷の印象がずいぶん変わります。

○むしろは、わらなどを編んでつくった敷物。

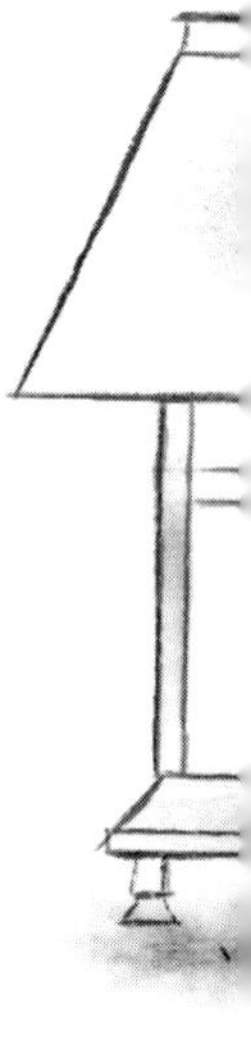

24
てんじやう《(じょう)》まもり　いつか色づく　去来

名残の表六　秋（てんじやうまもり）

唐辛子がいつの間にか色づいている

戸も障子もむしろ囲いにしてある売屋敷。庭では唐辛子の実が、人知れず赤くなった。

住む人のいない売屋敷の庭にも時間は流れ、だれかが植えた唐辛子の実が赤く熟れました。前句に「戸障子」「売屋敷」という建物に関連する語があるので、この句でも、唐辛子の異名の「天井守《てんじょうまもり》」という語を使ったようです。

○「てんじやうまもり」は、唐辛子の一種。天井に吊して干し、虫除けになることから「天井守」という。

○「いつか」は、いつの間にか。

25
こそ〳〵と草鞋《わらじ》を作る月夜《つきよ》さし　凡兆

名残の表七　秋（月夜さし）

月の光のもとで、ひっそりと草鞋を作っている

　庭の唐辛子の実はいつの間にか赤く色づいている。月の光が明るく差し込む夜。かすかに音をたてながら草鞋を編んでいる。

　唐辛子の植えられている場所が、売屋敷から、夜なべ仕事に草鞋を編む人の庭になりました。

○「こそこそ」は、かすかな音のするさま。

○「月夜さし」は、月光が差し込むこと。「つきよざし」「つくよさし」という読み方もある。

○草鞋は、稲のわらでつくった縄を足の形に編んで、二本の緒で足に結び付けるようにしたはきもの。

26
蚤《のみ》をふるひ《(い)》に 起《おき》し初秋《はつあき》 芭蕉

名残の表八 秋（初秋）

初秋の頃、蚤をふるうために起きた

初秋の夜、月の光をたよりに、静かに草鞋を編んでいる。寝ていた人が蚤のためにかゆくてたまらず、寝巻きの蚤をふるいに起きてきた。

起きてきた人は、子どもや妻、あるいは親など草鞋を作っている人の家族でしょう。音を立てないように草鞋を編んでいたのは、寝ている人を起こさないためだったのかもしれません。

「蚤」は夏の季語です。ここは秋の句を三句続けるために、「初秋」の語を入れています。

27 そのまゝに ころび落《おち》たる 升落《ますおとし》　去来

名残の表九　雑

ねずみがかからないまま、升落の升がころがっている

秋の初め、蚤のせいで眠れないので、寝巻きをふるおうと起きてきた。升落にはねずみはかかっておらず、升がころげ落ちている。

寝る前にねずみ捕りの仕掛けをしていたのでしょう。ねずみは捕れず、支えの棒がはずれて升がころがっています。秋の夜、蚤には起こされ、ねずみには逃げられました。

○升落は、ねずみを捕まえる罠《わな》。升を棒で立てかけておき、ねずみが触れると升が落ちて生け捕る。

28
ゆがみて蓋《ふた》の　あはぬ《(わ)》半櫃《はんびつ》　凡兆

名残の表十　雑

ゆがんで、蓋が合わなくなった半櫃

升落は棒がはずれて、升が転がっている。半櫃は、あちこちゆがんで、蓋と身が合わなくなっている。

升落も半櫃も日常使う道具だったようです。ねずみを捕れずにころがった升と、ゆがんで蓋が閉まらない半櫃。どちらもあまり役に立たない品物のようです。

○半櫃は、長持《ながもち》の半分くらいの大きさの櫃という説や、衣類や生活道具を入れた箱という説などがある。

29
草庵《そうあん》に 暫《しばら》く居《い》ては 打《うち》やぶり　芭蕉

名残の表十一　雑

しばらくは草庵にいるが、また引き払ってしまう

あるものといえば、ゆがんで蓋が合わなくなった半櫃くらい。そんな草庵にしばらくは住むものの、やがてそこも捨て去ってしまう。

日常の家財道具もあまりないような草庵の暮らしですが、そこも捨てて旅に出ていく漂泊の人です。芭蕉も奥の細道の旅に出る時、深川の草庵を引き払っています。

○草庵は草ぶきの粗末な家。

30 いのち嬉《うれ》しき撰集《せんじゅう》のさた　去来

名残の表十二　雑

勅撰集が編まれるらしい。この命があることがしみじみと嬉しい

草庵にも住みつかず、旅を続けてきた。勅撰集が編まれるといううわさを耳にして、生きてこの時にめぐりあえたことを嬉しく思う。

草庵を捨てて旅を続ける人は、勅撰集に歌がとられることを願う老歌人になります。漂泊の歌僧、西《さい》行《ぎょう》などの姿がほのかに浮かんできます。故事などをもとにして付ける俤付《おもかげづけ》の例として知られる句です（16ページ参照）。

○「さた」は、「沙汰」。知らせやうわさのこと。

名残の裏

31 **さまゞに品《しな》かは《(わ)》りたる　恋をして**　凡兆

名残の裏一　雑　恋（恋）

これまでさまざまな人と恋をしてきた

勅撰集が編まれるといううわさだ。歌を詠んで生きてきてよかった。ふり返れば、これまで本当にさまざまな人と恋をしてきた。

この句が付くと、旅に生きた漂泊の歌人の姿は消え、在原業平《ありわらのなりひら》のような恋多き宮廷歌人の姿が浮かびます。その人が、身分も性格も異なるいろいろな人と恋をし、それを歌に詠んできたと思い出しています。

勅撰集の恋の部には、忍恋《しのぶこい》、待恋《まつこい》などさまざまな題で詠まれた歌があることも、この句につながっていくようです。

○品は、種類、身分や地位、人柄などのこと。

32 浮世《うきよ》の果《はて》は 皆小町《こまち》なり　芭蕉

名残の裏二　雑　恋（句意・浮世・小町）

浮世の最後は、みな小町のようになる

さまざまな人と恋をして浮かれて暮らす。しかし、この世の最後は、だれもみなあの小野小町《おののこまち》のようにあわれなものだ。

業平のような恋多き歌人に組み合わせたのは、同じく平安時代の歌人、小野小町。小町は美人として有名ですが、その生涯についてはわからないことが多く、謡曲などでは年老いてさすらう姿が描かれます。さまざまな相手と恋をして浮かれてすごしても、人の最後は小町のように老いてあわれな境遇になるというのです。

33 なに故《ゆえ》ぞ 粥《かゆ》すゝるにも 涙ぐみ　去来

名残の裏三　雑

どうしたことか、粥をすするにも涙ぐむとは

だれもみな小町と同じで、浮世の果てはあわれなものだ。一椀の粥をすすりながら泣くとは、どうしたことだろう。

粥をすすりながら涙ぐむ人と、どうして泣いているのかと思う人。一椀の粥の施しにも泣くような境遇になった人に、浮世に生きるだれもみな、晩年は小町のようにあわれなものなのだ、泣いていてもしかたがないよとなぐさめているようです。

34
御留主《おるす》となれば　広き板敷《いたじき》
凡兆

名残の裏四　雑

ご主人が留守なので、板敷が広く感じられる

　粥をすすりながら泣いているのは、どういうわけだろう。ご主人が留守のため、いつもの板敷がずいぶん広く思われる。

　粥をすすっているのは小町のように老いてさすらう人から屋敷の奉公人になりました。主人の不在が悲しくて泣いているようです。家の中はひっそりして、板の間《ま》もやけに広く思われます。

○板敷は、床を板でつくった場所。建物の外側の板を敷いた場所にも、室内の床にもいう。台所などは板敷にすることが多かった。

35 手のひらに 虱《しらみ》這《は》は(わ)する 花のかげ　芭蕉

名残の裏五　春（花）

桜の花のもと、手のひらで虱を這わせている

ご主人がいないと、板敷も広く感じる。桜の花のそばで、手のひらに虱を載せて、這うのを見ている。

桜の花の頃、虱を手のひらで這わせるといううらちもないことをして、のんびりと過ごしています。主人の留守をいいことに、広い板敷でくつろいでいるようです。

○花見の頃に着物の表に這い出る虱のことを花見虱という。

36

かすみうごかぬ 昼のねむたさ　去来

名残の裏六　春（かすみ）

霞も動かない。眠たくてしかたない昼下がり

　桜の花の頃に、手のひらで虱を這わせている。霞すら動かないような昼は、どうしようもなく眠たくなってくる。

　暖かく霞も動かないようなおだやかな昼、虱が這うのを見て過ごしています。のどかな春の気分にみちた挙句《あげく》です。

おわりに

芭蕉の連句は、いかがでしたか。猫と行く三十六景の旅、楽しんでいただけたでしょうか。連句では、さまざまな季節の風景や人の営みが描かれます。次々と変化する連句の世界をイラストを見ながら旅するように楽しんでいただけたら、そして旅が魅力的なものになるようにご案内できたら、そんな思いで始めた本づくりです。

三十六句のなかには老若男女、さまざまな人が登場します。三十六景の旅に登場するのは横柄な態度の人、つらい恋に泣く人、出家する人、巡礼の途中で死んでしまう人。双六に夢中な人もいれば、念仏を欠かさない信心深い人もいます。

月の句と花の句は連句のなかで特に重視されます。月は、場所や季節を変えて何度か描かれます。今回の旅では、仮の内裏を照らす月、僧と猿引を静かに照らす月。夜なべ仕事に草鞋を編む人の手元を明るく照らす月や夏の涼しげな月もあります。

花は桜の花をさしています。花の句では桜の花の美しさ、はなやかさが詠まれます。三重県にある浄土真宗高田派の本山、専修寺の広い境内の満開の桜。桜の名所として有名な奈良の吉野は山々が桜の花でおおわれます。

このように変化に富む連句の世界をイラストにしてくださったのは櫻井さなえさんです。猫たちのかわいらしい仕草、平安時代から江戸時代まで、それぞれの時代の衣裳や生活道具など、いろいろなものを魅力的なイラストにしていただきました。ありがとうございました。

猫のイラスト入りの芭蕉の連句の本。形になるまでずいぶん長い時間がかかってしまいました。辛抱強く待ってくださったあいり出版の石黒憲一さん、お世話になりました。

三十六景の旅を通して、連句が少しでも身近なものとなりますように。そして松尾芭蕉の連句作品のおもしろさを多くの人と分かち合うことができますように。連句は想像がふくらむ楽しいものです。どうぞ豊かな連句の世界にふれてみてください。

【著者紹介】

東山　茜（ひがしやま　あかね）

広島大学文学部卒業。
フリーの編集者として、書籍の編集および取材・執筆活動を行う。著書に『あなたが詠む連歌』。

芭蕉の連句三十六景――「木のもとに」の巻・「市中は」の巻

2024年5月25日　初版　第1刷　発行　　定価はカバーに表示しています。

著　者　　東山　茜
発行所　　（株）あいり出版
〒600-8436　京都市下京区室町通松原下る
元両替町259-1　ベラジオ五条烏丸305
電話／FAX　075-344-4505　http://airpub.jp/
発行者　　石黒憲一
印刷／製本　　日本ハイコム（株）

制作／キヅキブックス
 ISBN978-4-86555-118-1　C1092　Printed in Japan